KB274802

가을빛 목소리

가을빛 목소리
신미철 시집

초판 인쇄 | 2006년 10월 25일
초판 발행 | 2006년 10월 31일

지은이 | 신미철
펴낸이 | 신현운
펴는곳 | 연인M&B
디자인 | 이희정
기 획 | 여인화
등 록 | 2000년 3월 7일 제2-3037호
주 소 | 143-874 서울특별시 광진구 자양동 680-25호 (2층)
전 화 | (02)455-3987, 3437-5975 팩스 | (02)3437-5975
홈주소 | www.연인mnb.com / www.yeoninmb.co.kr
이메일 | yeonin7@chol.com

값 7,000원

저자와의 협의에 의하여 인지는 생략합니다.
ⓒ 신미철 2006 Printed in Korea

ISBN 89-89154-69-3 03810

가을빛 목소리

申美澈 시집

연인 M&B

9월이 오고, 가을이 오면 해마다 나는 가슴이 맑은 물소리로 채워진다.

높푸른 하늘, 조촐하게 피는 가을 꽃들, 가을 숲 속의 고요와 숲 내음이 다른 계절보다 깊은 사색의 향기로 가을의 진미를 느낄 수 있기 때문이다. 그래서 가을의 詩들만 묶어 볼까도 생각했었는데 생각을 바꾸어 우선 근년에 쌓여진 詩들을 정리하는 것이 순서라 생각되었다.

담담한 마음으로 쓴 나의 詩들이 읽는 사람의 마음에 자연스럽게 가까이 다가서는 친구가 될 수 있다면 큰 보람으로 간직하리라.

빛나는 눈빛으로 지켜보는 주위의 고마운 분들과 詩集이 잘 나올 수 있도록 힘써 주신 분들께 진심으로 감사한 뜻을 전하고 싶다.

2006년 10월

신미철

2. 길 위에서

4. 챙기며 살기

1

어느 날 문득

마음을
깨끗이 비워버리고 나면
눈에는 무엇이 보일까
귀에는 무엇이 들릴까
또 입으로는 무슨 말을 하게 될까
발길은 어디로 향할 것이며
손은 무엇을 소중히 보듬고 있을것인가

문득
그것이 궁금해진다.

백자(白磁) 달항아리 1

그 앞에 서서
조용히 바라보노라면
무구한 아름다움에 이끌려
한참을 발길 떼지 못한다

화장끼 없는
순수한 아름다움
소박한 소망이 담긴
순백(純白)의 꿈—

잠자코
그 앞에 서면
옷깃 가다듬게 하는
순정 어린 그리움이

가슴 속
가득 채우는
백자 달항아리.

백자(白磁) 달항아리 2

"나는 행복을 안고 갑니다."

이 말은
조선 백자 항아리를 구입한
영국의 버나드 리치가
1935년 우리나라를 떠나면서
보름달 같이 환한 얼굴로
기쁨을 술회하며
남기고 간 말

아! 얼마나
가슴 벅찬
황홀한 찬사인가.

* 버나드 리치 : 영국의 대표적 도예가. 그가 사갖고 간 달항아리는
대영박물관에 소장되어 있음.

백자(白磁) 달항아리 3

백자 항아리를 빚은
도공(陶工)의 마음도
그러했을까

둥근 맛과
의젓한 곡선미
아무런 장식도, 고운 색깔 무늬도
아랑곳하지 않은
뽀얀 흰빛
그 어리숭하게만 생긴
수수하고 질박한 모양새

어질고 넉넉한 품
항아리를 만든 사람도
그러했을까

우리 백의민족의
은은한 멋과
그 향기 담은
아름다운 백자 달항아리.

백자(白磁) 달항아리 4
― 삼성 미술관 리움 소장품

보름달을 연상시키는
백자 달항아리에 저절로 그려진
추상화 같은 얼룩 무늬!

―세월의 역사가 남긴
아름다운 흔적……

옛 조상들은
그 항아리 속에 무엇을 담았을까
무엇이 저렇듯
세월의 얼룩진 무늬를 낳게 하였을까

우리 고유의 먹거리
된장, 고추장, 간장, 젓갈, 장아찌……
그런 것들을 담아 두었던 것일까

그 세월의 추억이 스며든
흔적을 읽으며
큰 욕심없이 순박했던
그 옛날로 돌아가고 싶다.

백자(白磁) 달항아리 5

그냥
텅 빈 채 두고
무심히 바라보노라면
평온하게
마음 다스려지는
둥글고 하얀
달항아리.

소망

꿈을 가진 사람

훗날까지 그리움을 남기는 사람

누군가에게 힘이 되어주는 사람

가을에 향기로운 열매를 거두는 사람

자연을 즐기며

웃음을 나눌 줄 아는 사람

그런 사람과 함께 발맞추어

활기차게 세상을 걸어가는

그런 나날이기를.

간이역(簡易驛)

하늘 푸른 날
먼 곳에서 오는
기차를 기다린다

코스모스 하늘거리고
키 큰 해바라기
황금빛 미소로 목례하는 간이역에서
혼자 서성이며
깊은 가을로 떠나는
기차를 기다린다

낡은 의자에 앉아 차를 기다리는
햇볕에 그을은 촌노(村老)의 모습!
문득, 지난날의 향수
연민의 정
새삼 가슴에 번지는
간이역

긴 세월 지난 이제야
세상사 모두가
간이역임을 안다

기쁨과 슬픔
우리의 만남도
그렇게 잠시 머물다 떠나는 것임을……

가을 햇살과
가을 바람과
가을 향기 안은 가슴으로
영원을 향해 떠나는
기차를 기다린다.

박수갈채(拍手喝采)

박수를 치고 싶다

경의와 찬사와 격려가 넘치는
힘찬 박수를 치고 싶다

살면서 때때로
진정으로 박수 칠 일
많았으면 좋겠다

땀 흘린 보람
빛나는 결실
바라던 꿈의 성취
그런 소망스런 아름다운 것들을 위하여
아낌없는 박수 보내고 싶다

우리
살면서 인색하지 말자
칭찬도
위로도
격려도
올곧게, 넉넉하게 나누면서
서로 복돋우는 따뜻한 정
소홀하지 말기를

아름다운 생활
그 향기로운 꽃
피우기 위하여.

선우월(蟬羽月) 1

맴 맴 매앰……
들려오는
매미소리

윤달이 낀 금년 여름은
무더위가 더 길 것이라는데
이른 아침부터 들려오는 매미소리
한껏, 여름의 낭만
읊조리고 있다

이맘때면
빳빳하게 풀먹인 모시옷을
숯불 다리미로 곱게 다리시던
추억 속의 어머니 모습―

개울 건너
원두막이 있는 참외밭에는
참외 익는 냄새가 물씬
마당가 호두나무 그늘 아래
밀대방석 깔고 앉아 이웃과

찐감자 옥수수 나눠먹던 시절
그 여름에도 매미는 저렇게
목청껏 가락을 뽑았었지

불현듯, 먼 옛날의 품 속
그립게 하는
자연의 노래
매미소리.

* 선우월(蟬羽月) — 매미소리 한창인 음력 6월을 말한다.

선우월(蟬羽月) 2

무성한 여름 숲에서
초록빛 생명의 노래
목청을 돋우고 있다

풀포기처럼
푸른 나뭇잎처럼
싱그러운 자연의 노래

바람결에 흔들려 하늘로 퍼져오르는
푸르른 날이면
메말랐던 가슴에
안겨 오는 평화로운 가락

그립던
반가운
녹색의 숨결.

기도

이제까지
나의 기도는
침묵의 향기이기보다
욕망을 채우려는
구차한 구걸이었나 봅니다

부끄럽습니다

이제는 생명 있는 모든 것들의 안녕과
삶의 기쁨과 보람을 위하여
넓은 가슴으로
등불이 되는 마음으로
기도하렵니다.

징검다리

먼 옛날
고향 시냇가
징검다리 있었네

햇빛 맑은 날
빨래방망이 소리 들리고
물장구 치는 아이들 웃음소리
매미소리도 함께
어우러지던 곳

장날이면
짐을 이고 지고 건너던
소박한 마을 사람들—

이제는 한 세월 흘러
아슬히 멀어져 간
생애의 꿈 깃든 추억

그 옛날 고향에는
너와 내가 만나던
징검다리 있었네.

숲 속에서

심호흡을 한다

산과
들과
숲 속에서
높푸른 하늘까지 마신다
마셔도 마셔도 물리지 않는
포만(飽滿)을 모르는
이 기분 좋은 허기증(虛氣症)

내일을 위하여
푸르름을 위하여
언제까지나 함께 즐겨야 할
자연의 아름다운 보약
싱그러운 숲 속의 숨결을
한껏, 맘껏 들이키는 흐뭇함

―맑은 영혼
가을 정기로 풍요로워진다.

코스모스와 가을

가을
맑은 바람결에 피어난
코스모스!

그는 울 밖
야외에서 만날 때
더 아름답다
아스라한 하늘을 배경으로
하늘거리는 모습―

그 청아한 미소
그 티없는 숨결

가을은
코스모스로 하여 운치(韻致)를 더하고

코스모스는
가을의 품 속에서
눈부신 연인이 되고.

오늘은 좋은 날

과거는 지나가서 홀가분하고

미래는 다가오니 기대되고

현재는 바로 오늘이니 좋지요

검은 땅 굳건히 밟고 서서

하늘 우러르는 마음

행복의 씨 뿌립니다

맑은 얼굴, 밝은 목소리로 콧노래 하며

땀 흘려 가꾸며 거두며 일하는 오늘

'밀레의 만종' 처럼 저녁기도 드리는

오늘은 평범하지만

아름다운 좋은 날입니다.

9월(九月)

말없이

맑은 눈길로

그대 가슴에

들꽃 한 다발 안겨주고 싶은

아, 가을!

가을 길

가을 길을 걷는다
혼자 걸어도
둘이서 걸어도
운치 있는
가을 길

가다가
구절초 꽃도 만나고
하늘거리는 코스모스도 만나고
들판의 허수아비와 인사 나누며
높푸른 하늘, 조개구름도 읽으며 가는
가을 길

가을과 함께 길을 걷노라면
나도 모르게
발길 가벼워지는 마음
나도 모르게
텅 비어져 가는 가슴

바야흐로
하늘빛 물든 영혼과 만나는
가을 길.

어느 날 문득

마음을
깨끗이 비워 버리고 나면
눈에는 무엇이 보일까
귀에는 무엇이 들릴까
또 입으로는 무슨 말을 하게 될까
발길은 어디로 향할 것이며
손은 무엇을 소중히 보듬고 있을 것인가

문득
그것이 궁금해진다.

법흥사(法興寺) 가는 길

10월(十月)도 다 저무는 하순
법흥사 가는 길
갈색으로 떨어져 누운 자연의 카페트
폭신한 솔잎을 밟으며 간다
코 속으로 스며드는
은은한 솔 향기
차 향(茶香)보다도 청아한 솔 향기
고개 들어 솔잎을 떨군 나무들을
올려다본다
아아, 훤헌 장부처럼 저렇듯
키도 훤칠한 미끈한 큰 소나무들
도열해 서 있는 늠름한 모습!
부처님 찾아 오르는 산길에서 만나는
그윽한 향기, 솔 내음—

오래 전에 잊어 버린
고향의 향기
음미할 수 있었네

가슴 속, 깊이 깊이.

꽃잔디
― 편운(片雲)문학관에서

오월(五月)
햇살 맑은 날
처음 찾아간 편운(片雲) 시인의 고향집
푸른 잔디, 뜨락에 핀 꽃들이
주인 없는 집에서
손님을 반갑게 맞는다

꽃들 중에
키도 얼굴도 작은
꽃잔디!
나를 보더니 웃으며 달려와
가슴에 안긴다

분홍빛 설레임이
전신에 전파되는
그 순간
나는 옛날처럼
다시금 수줍어진다

다사로운 눈길
다정한 목소리
마주 대할 수 없어

뒷걸음쳐 숨어 버리던
지난 옛날ㅡ

이제는 한 자락 먼 추억이 되어
오월의 훈풍에
흔들리고 있다.

매우(梅雨)

빗소리에
문득 잠이 깨어
동창(東窓)을 열고 하늘을 본다

훤히 밝아오는 여명 속에
주렁주렁 푸른 열매를 달고 있는
6월(六月)의 매실나무
잠도 덜 깬 모습으로 비를 맞고 서 있다

아하! 바로 이 비가 매우(梅雨)로구나

바야흐로
항아리에 매실을 따담아
향기롭게 익히는 계절이구나

오랜만에
옛 시인의 운치를 그리면서
매우(梅雨)로 우려 마시는
차 한 잔.

2

길 위에서

길 위에서
길을 찾는다

세상엔 사방팔방 길은 많아도
내가 가야 할 길 찾아
온 종일 헤매는 날—

어느덧 황혼녘
노을빛 저리도 고운데
어둠이 내리는 대지 위에서
외로움에 떨고 있는 나는 누구인가
저 멀리 산기슭에 보이는
반짝이는 불빛은 무엇인가

가을 향기 익어가는 그 길을 찾아
별빛 아래 초조히 누비는
나의 발길—

—내 가야 할 길을 찾아
길 위에서
길을 찾는다.

조각보

우수 경칩 지나고 나니
남창(南窓)에 비치는 햇살
한결 따사롭다

사뿐사뿐 다가오는 봄의 발자국 소리
기다리는 나의 봄은
어디쯤 오고 있는 것일까

문득, 화사한 봄빛
무지개처럼 고운 조각보를
만들고 싶다

살아가기 바쁜 요즘 세상에
옛날처럼 반지그릇 꺼내놓고 앉아서
조각보를 짓는 작업—
그건, 부질없는 시간 낭비
어리석은 정력소모라고
누군가는 비웃을지 몰라도
이 봄, 나는
번뇌를 삭히며 고전(古典)의 향기로
조각보를 짓는다

내 삶의 흔적으로 남겨진
희로애락의 자투리들로
그리움과 꿈 깃든
영혼의 무지개!

내 생애에 가장 눈부신
아름다운 무지개를.

길 위에서

길 위에서
길을 찾는다

세상엔 사방팔방 길은 많아도
내가 가야 할 길 찾아
온 종일 헤매는 날―

어느덧 황혼녘
노을빛 저리도 고운데
어둠이 내리는 대지 위에서
외로움에 떨고 있는 나는 누구인가
저 멀리 산기슭에 보이는
반짝이는 불빛은 무엇인가

가을 향기 익어가는 그 길을 찾아
별빛 아래 초조히 누비는
나의 발길―

―내 가야 할 길을 찾아
길 위에서
길을 찾는다.

숲 속의 벤치

평화와
여유를 간직한
숲 속의 벤치

일상의 공해와 갈등
탈출한 발길들
너를 찾는다

언제나
부담없이 맞아주는 너는
좋은 친구!

다정한 네 무릎에 앉아서
하늘과 나무 숲과 눈길 나누며
새소리, 벌레소리 들으며
휴식하는 시간—

아, 소리도 없이
가슴에 넘치는
맑은 샘물.

그리움

연(蓮)잎

하나 따서

머리에 쓰고

먼 푸른 하늘

바라본다.

분수(噴水)

3월도 다 가는 어느 날

예술의 전당 뜨락에서
봄빛 속에
겨울 잠을 깬 분수를 만나
발길을 멈춘다

겨우내 얼어붙었던 침묵의 공간에서
화사한 봄을 즐기며
연출하는 유연한 몸짓
무희(舞姬)의 율동처럼 아름답다

간간히 시간을 뜸들이면서
아름다운 음악과 함께
다양한 모양을 그리는
분수의 낭만적인 멋진 춤사위
추운 가슴 녹이는 기쁨이 되고

하늘 향하여 줄기차게 내뿜는
그 힘찬 활력
파란 꿈으로
솟구치고 있었다.

설날

정월(正月)
음력 설 때
부엉바위 큰댁에 세배하러 가면
당숙모님은
남치마에 옥색저고리 자주고름
동백기름 바른 쪽머리
단정한 모습
하얀 앞치마 두루셨었네

세배상에는
미리 마련해 두었던 산자며 강정이
다락에서 내려오고
노오란 송화 다식
검은 흑임자 다식
고소한 콩가루 묻힌 인절미
하얀 잣, 동동 뜬
수정과, 식혜

정갈한 음식 솜씨로
바쁘게 세배객 맞던 그날도
까치는 울 밖 감나무에 앉아 깍깍깍……

동구 밖 언덕에서는
연 날리는 아이들 떠드는 소리
심심찮게 들려왔었네.

돌아서 가는 길 1

이 길에서는
언제보다도
가볍게 마음을 비워야 한다
경쟁심도
성급한 조바심도
불평이나 찡그린 얼굴도
풀어야 한다

출가한 수행자(修行者)처럼
참한 눈길로 주위를 돌아보고
차분한 발길로 부지런히 걸어야 한다
배우며
깨달으며
즐겨가면서―

가는 길에 만나는
들꽃들
나무들
산과 내
바람과 하늘과 구름
그리고, 세상의 소리
소리들……

가다가 힘들고 지치면
큰 나무에 기대 앉아
잠시 쉬었다 가는 길
돌아서 가는 길은
인내로써 영혼을 눈뜨게 하는
아름다운 길.

돌아서 가는길 2

돌아서 가는 길을

짜증내지 마라

급히 서둘지도 말라

돌아가는 길은

둥글게 그리는 부드러운 곡선(曲線)

시간이 좀 늦는다 해도

익어가는 향기로 아름다운

돌아서 가는 길

돌아 돌아가는 길은

부딪힘도, 얼굴 붉힐 일도 없는

슬기와 여유와 지혜가

함께하는 길.

미술 갤러리에서

바쁘게 돌아가는 일상(日常)
어쩌다 틈이 생기면
혼자 미술 갤러리를 찾는다

전시된 미술 작품들
조용히 그 앞에 마주서면
세상의 꿈, 한 자락 한 자락이
영혼의 바람결에 나부끼고
화가의 가슴 속 여울지는
물소리 들린다

여러 화폭을 순례하며
여러 화폭을 여행하며
여러 화폭을 읽어가노라면
아, 어느새
내 가슴에도 지줄대는 새소리
흐르는 여울물소리―

생의 길목에서 목이 마를 때
날개 푸른 시(詩)가 그리워질 때
나는 갤러리를 찾아가
목을 축인다.

뒷모습 1

너를 만나고 돌아오면서
무심히 뒤돌아본
너의 뒷모습

표정도 이야기도 없는
차분히 걸어가는 그 뒷모습에서
내 마음 소리없이 흔들린다

눈을 감아도
세월이 지나도
지워지지 않는
가슴에 남는 너의 뒷모습

꾸며진 앞모습보다
꾸밈없는 뒷모습에서
녹슬지 않게 갈고 닦는
너의 참모습 읽을 수 있기에

오늘도 말없이
향기로 피어나는 너
너의 뒷모습.

뒷모습 2

생의 여로에서

만나기도
스쳐가기도 하는
순례자(巡禮者)
운수납자(雲水衲子)

수행자의 뒷모습은
언제나
깊은 여운이 감돈다

외로움보다
맑은 해탈(解脫)
의연한 자유―

깊은 산
나무 숲을 지나는 바람처럼

깊은 산골
계곡을 흐르는 물소리처럼.

옥상(屋上)에서

우리집 옥상은 꽃밭이다

철 따라 꽃들이 만발
봄에는 화려한 꽃들의 향연이 눈부시다
흐드러지게 피는 철쭉, 영산홍을 비롯하여
매혹적인 치자꽃 향기, 사랑초, 상사화
귀한 인동초, 간들어진 모습 금낭화
기품 있는 수많은 난초들
모두 화사하게 웃는 모습
보는 이로 하여금
탄성을 발하게 한다

우리집 옥상은 채소밭이다

파, 부추, 상추, 고추, 돌나물, 비름, 먹대골,
넝쿨 강낭콩, 박, 호박, 쑤세미, 고구마까지 심어져
푸른 텃밭이 된다
해마다 여름이면 상추 뜯고, 애호박 따고
친구, 친척, 이웃과 나누기 50여 회!
큰 것은 아니지만 유기농 청정한 야채를
나누어 먹는 흐뭇함이
기쁨을 안겨준다

우리집 옥상은 휴게실이다

낮에는 비치파라솔 아래
등의자에 앉아 신문을 읽고
여름 저녁이면
시원한 바람 맞이하는 곳
여름밤에는 집에서 만든 평상에 누워
부채질 하며, 하루의 피곤과 열기를
식히는 곳

그러노라면 문득 생각나는 옛날
고향집 마당에 밀대방석을 깔고 앉아서
하늘의 별 보며 꿈꾸던 미래!
그 추억
달과 별은 옛날과 변함없는데
꿈꾸던 소년소녀는
이제 늙어가는 모습—
그 푸르던 꿈
사랑의 풍요로 채워가리라.

감나무가 바라보이는 창(窓)가
— 고향집에서

부엌, 서창(西窓)으로 내다보면
가까이 감나무 한 그루 서 있다
고추밭, 들깨밭, 상추, 아욱밭
푸른 잎들이 우거진 유월(六月)
지나는 바람결에
초록빛 파도를 이룬다

저녁, 해 기울 무렵
그 창 앞에 서면
한없이 바라보게 되는
한 폭(幅)의 수채화—
곱게 물드는 저녁노을
그 노을빛 배경으로 나는
둥지 찾아가는
새
떼
들

문득, 나를 찾는 목소리 들리는 듯
오랫동안 깊이 잠들었던
내 유년의 꿈을 흔들어 깨우는
어머니의 목소리……

키 큰 해바라기
날마다 태양을 향하여 목례하는
밭머리에서
흰 수건 쓰고 일하시던 어머니 모습
그리운 물살로 가슴에 찰랑인다

창 밖에 바라뵈는 감나무
아직은
가을 멋, 허전함 모른 채
무성한 여름의 욕망으로
한창 짙푸러 간다.

어느 날의 노래

그렇게
오랜 시간이 걸렸다
의연한 자세로
생활을 반주할 수 있기까지는

지난날 가졌던
반짝이는 소망들
세월에 낡고 바래져
안개 속 미몽(迷夢)으로 희미해질 때
초연히 고개드는 얼굴

어쩌면
제 것이면서 낯선
내 얼굴 보며
엉성했던 지난날의 삶
새삼 부끄러워라

이제야
누구와 같을 수도
누구와 견줄 수도 없는
오롯한 자아 찾아
제 목소리로 부르는
나의 노래

속삭이듯
나지막하게 부르는
잊었던 나를 찾아 부르는
조용한
노래여 노래여.

숲 속의 향기
― 지리산(智異山) 휴양림에서

산을 찾았었네
숲을 찾았었네
나무들을 만나 어깨를 나란히
함께 산길을 걸었네
유월의 새푸른 초록빛이
눈부시게 아름다웠네

그 부드러운 녹색이
눈을 즐겁게 피로를 씻어주고
들려오는 계곡 물소리―
지저귀는 새소리―
마음을 맑게
마음을 가볍게
평안과 휴식 가슴에 안겨주었네

산 속에서
푸른 숲 속에서
자연과 나누는 대화!
어쩌면 그것은
아, 우리의 꿈!
지상의 축복일지니
삶에 지친 그대, 발걸음 무거운 그대여
이리로 오지 않겠나?

세수한 말간 맨 얼굴로
문명의 장식 달리지 않은 소박한 무명옷으로
이 숲 속 길을 걸어 보지 않겠나

싱그런 피톤치드가
생기 가득히
몸과 마음 채워주는
영혼의 푸른 고향
숲 속 오솔길을.

* 피톤치드(Phytoncide) — 소나무 등 침엽수에서 뿜어져 나오는
자연성분으로서 공기를 정화하고 싱그럽고 향기로운 내음. 산소처럼
인체에 유익함.

강물처럼

물처럼
강물처럼
흐르고 싶다

마음의 문 열고
마음의 주인이 되어
밝은 햇살과 함께 살면서
따뜻한 가슴 나누는 일
응달진 저편의 슬픔 헤아리는 일
삶의 즐거움 함께 나누는 일
모두 인색하지 말아야겠다

일상 속에서
만나고 부딪치는 희로애락에
무겁게 치우치지 않기를—
그래도 고마움과 기쁨은
소중히 간직하리니

너와 나
우리 모두
건강한 삶, 활기찬 오늘을 위하여

강물처럼 흐르고 싶다.

조약돌

어린 날
빨래하는 엄마 따라서
시냇가에 나가면
언제나 나는
조약돌을 주으며 놀았다

오랜 세월
물결에 닳아 모서리가 둥굴어진
작고 귀여운
조약돌

예쁘고 하얀
고만고만한 차돌을 골라서
공기집기 놀잇감으로 줍던 그 시절
맑은 물가에서 자연과 함께
다정했던 친구 조약돌

긴 세월 지나 어른이 된 지금도
강가를 지날 때면
무심히 지나칠 수 없는
그리움.

노 부부(老夫婦)

길에서 옷깃만 스쳐도
전생의 인연이라는데

신문에서 본 그 노부부
74년이나 해로한 노부부의 모습
참으로 진귀한 아름다움이다

자전거를 함께 타고 나들이하는
89세의 할아버지와 91세의 할머니
할아버지는 흰 중절모자에 안경, 노타이 차림
지팡이까지 자전거에 매달고
하얀 모시옷의 자그만 백발 할머니를
등 뒤에 태우고 페달을 밟는다

만면에 미소 띤
어린애처럼 무구한
할머니의 얼굴―

무언가 가슴에 찡한 감동을 준다

얼마나 크고
얼마나 깊고

얼마나 긴 인연의 축복이길래
아직도 저만큼 건강한 모습으로
청복을 누릴 수 있는 것일까?

이윽히, 미소 띤 얼굴로
신문의 노부부를 보면서
오랜만에 평화로운
맑은 기쁨을 만끽해 본다.

도서관에서

조심조심 걷는
발자국 소리

조용한 실내
책상 앞에 앉아
열중하는 사람들

금쪽 같은 시간으로
집중하는 정신, 정력
꿈을 찾아서
길을 찾아서
갈고 닦는 모습
탐색하는 모습들

눈부신 햇살 넘치는 푸른 벌판이다가
어두운 밤 헤매이는 골짜기이다가
나비같이 가벼운 발길이다가
때로는 천길 무거운
발걸음……

저 숨소리도 조용히
책 속에

컴퓨터 속에
깊이 파묻혀 자맥질 하는
저 늘 푸른 영혼의 샘가에서
찬연한 무지개로 하늘에 닿는
그날은 언제쯤일까.

터득(攄得)

세월이 갈수록

하나씩 늘어나는

지혜(智慧)

세월이 갈수록

차츰 잃어가는

젊음

세월 속에 얻는 것도 잃는 것도 있나니

세월은 기쁨도 되고

세월은 슬픔도 되네.

3
나무가 바람에 흔들리는 뜻은

나무가
바람에 흔들리는 뜻은
자연과 친화를 위해서라네

바람의 마음을 읽고―
바람의 노래를 듣고―

의지의 뿌리는
땅 속 깊이 묻어두고

나무가 바람에 흔들리는 뜻은
생동하는 숨결로
아름다운 자연에 화답하는 것이라네.

오동(梧桐)꽃 향기

어디로부터 오는 향기인가

어디로부터 퍼지는 보시(普施)인가

집 가까운
논현초등학교 후문께를 지나다가
발길 멈추고 둘러본다
길바닥에는 카페트처럼 깔린
연보라빛 꽃들의 잔해

훤칠한 키, 오동나무 한 그루
학교 담장 안에 우뚝 서서
나를 굽어보고 있다
꽃구름 화관을 쓰고
오월 훈풍 속에
향기를 흔들고 서 있는
오동나무!

우리도 살아가면서
저렇듯 향기 나눌 수 있을까

저렇듯 아름다운 꿈
피울 수 있을까.

자기 그림자

로키산 산정(山頂)
해발 3,000m에서 만난
나무 한 그루, 그 의연한 자태

수도승에겐 수행자의 모습으로

여행자에겐 믿음의 이정표로

예술가에겐 기막힌 예술품으로

천 가지 음색과
만 가지 감성으로
가슴 깊이 스며드는데—

그 목소리, 그 노래
— 박인희의 노랫소리

가끔
그의 노래가 듣고 싶을 때가 있다

그가 부르는 노래 듣고 있노라면
나는 맑은 영혼으로
기도하는 사람이 된다

한 점 티없는 그 목소리

차분하고 다정한 그 노랫소리

언제 들어봐도
영롱한 이슬처럼
파란 하늘처럼
나를 꿈꾸게 하는
잔잔한 그 목소리

나직이 속삭이는
해조음(海潮音) 같은 그 목소리.

섬

물 건너
바라보이는 섬(島)
가 보고 싶다
그곳엔
항시, 그리운 녹음 사이로
하얀 포말(泡沫)을 이루며
우렁찬 소리로 뛰어내리는 폭포 있어
혼탁한 세상의 때를
속 시원하게
속 후련하게
씻어줄 것만 같다.

K시인(詩人)의 시집을 읽으며

오늘
집 가까운
국립중앙도서관에 들렀다가
도서관 뒤뜰, 소나무 숲 속을 산책했다
벤치에 앉아 팔월의 무더위를 식히며
부쳐온 K시인의 시집을
꺼내 펼쳐본다

매미소리 들리는 자연 속에서
흰 모시적삼 입은 나
솔바람 벗 삼아 시를 읽고 있노라니
문득, 세상 근심걱정 없는
신선이 된 듯싶다

아! 이런 것이 사는 참맛 아닌가
일상(日常)에서 가끔씩 만나게 되는
살뜰한 반가움과 기쁨이 있어
우리 삶은 행복의 꽃무늬를
짤 수 있는 것 아닐까

멀리 눈부신 것보다
가까이 있는 들꽃처럼

작고 아름다운 것들을 가슴에 간직할 때
인생은 보다 향기로워지리니.

가을 이야기 1

봄 가고
여름 가고
어느덧 가을—

봄은 누구에게나 똑같이 와도
가을은 누구나 똑같이 맞을 수
없음을 깨닫게 됩니다

자기를 이기고 얻는 참된 희열
부질없는 집착을 버릴 줄 아는
지혜와 의지!

물고기가 물 속에서
물을 찾는
무명(無明)을 깨고 싶습니다

이 가을엔
넘치지도 모자라지도 않는
소망을 이루기 위하여
구슬땀 흘릴 것입니다

깊고 향기로운 마음으로
기도하면서.

가을 이야기 2

봄의 설레임

여름의 열정

가을의 겸허와 고독

이런 여정(旅程)을 거쳐온 나그네가
어느 날
따뜻한 등불 그리워하며
나누는 이야기

국화 향기 같은 이야기
가을 잎 지는 여운 같은 이야기

아, 너와 나의 이야기.

설경(雪景)

흰 눈으로 덮인
풍경 속에서는
검은 마음은 품지 못할 것 같다

천지가 새하얀 속에서
생명 있는 것들은
엄숙한 고요 속에 꿈을 꾼다

추사(秋史)의 세한도(歲寒圖)!
눈사람 서 있는 동화의 나라
화이트 크리스마스!

모두가 하얀 눈 속에서
따뜻한 정
그리움 샘솟게 하는
겨울의 축복
겨울의 낭만

하얀 눈 내리는 날엔
당신도 나도 고즈넉이
천사가 되는 날
아름다운 발자국 남기고 싶다.

겨울 햇살

따스한 햇빛 비치는
겨울 남창가에 앉으면
작은 행복을 느낀다

햇살이 미소짓는
양지쪽을 걸으면
연연한 꿈
새싹처럼 돋는다

춥고 어두운 세월 건너온
모든 생명들에게
겨울 햇살은 또 얼마나
눈물겹게 반가운 손길인가

따뜻한 미소로 인사하는 겨울 햇살 보며
순간처럼 짧고
영원처럼 기ㅡㄴ
행복을 누린다.

차(茶) 한 잔

비록
작은 찻잔이지만
넓은 우주(宇宙)가 숨쉬는 우물이 된다

메마른 가슴
모락모락 피어오르는 다향(茶香) 앞에 앉으면
문득, 그리움을 만나
잃었던 윤기 되찾을 수 있다

누군가를 기다리면서
창 밖으로 시선을 보내면
거기, 아스라한 오솔길
영원으로 통하는 오솔길이 보인다.

열매

하늘을 이고

대지를 굳게 밟고 서서

비와 바람과 햇살

그리고, 땀방울로 이룬

가을의 빛나는 결실

아! 눈물겨운 사랑

축복의 열매들.

산음(山陰)산장, 숲 속의 집에서 1
― 빗소리 들으며

도시에서 멀리 떨어진
첩첩산중 문필봉 자락
낯선 숲 속의 집에서
한밤중에 잠이 깨었다
한 번 깬 잠은
좀처럼 다시 오지 않아 뒤척이는데
창 밖에서 들려오는 빗소리
조용히 숲에 내리는 속삭임 소리
산 너머 하늘가
천둥소리마저도 그밤엔
부드럽고 은은하기만 했다

산 내음
숲 내음
아아, 나무들의 향기―

오월의 푸른 숲 속
새로 지은 통나무 집에서
흠뻑 취해 보는
자연과의 만남!
이윽고, 가슴에 번지는
평화로운 녹색의 파장(波長)

아, 천지사방에 가득 찬
푸른 생명의 숨소리 들리네
싱그러운 숨소리 들리네.

* 1999년 5월 14일, 삼림청 후원으로 여성문학인회에서 문학기행
하였음.

산음(山陰)산장에서 2
– 모닥불 피워놓고

산채(山菜) 식탁이
유난히도 맛깔스럽던
그곳

그날 저녁식사를 마치고
우리는 모닥불을 피우기 시작했다
앉기도 하고, 둥글게 손잡고 둘러서서
흥겨운 모습으로 춤과 노래와
시(詩)가 어우러져 무르익던 밤!
모두가 한마음으로
향기로운 분위기 속에서 즐기던
그 훈훈한 시간!

달이 없어도
별이 보이지 않아도
불꽃 튀는 모닥불 빛으로
서로의 얼굴 마주 보며
건배!
건배!
건배!
색깔 고운 오미자술이
우리들의 귀한 시간을 더욱
운치 있고 아름다운 추억으로 남게 했다

시낭송과 노래는 밤 깊도록 이어졌다

'시인의 노래' '우리 만남' '친구' '향수'
'동구 밖 과수원길' '아, 목동아' 등
아름다운 가곡과, 명곡, 동요가 끊일 줄
모르고 이어지는 사이
우리들 가슴엔 맑은 샘물이
철철 넘치고
산음리(山陰里)의 밤은 전설처럼
소쩍새 울음 들려왔다.

천국(天國)

여름날
방학을 맞은 아이들이
도시를 멀리 떠난 자연 속에서
공부도 숙제도 잊고
맑은 계곡에서
물장구 치며 하하호호 즐기는 모습

웃는 그 얼굴
웃는 그 목소리
웃는 그 시간과 공간

아, 천국은
바로 여기로구나.

향수(鄕愁)

늦가을
앙상한 감나무 가지에 매달린
주홍빛 감 몇 개

문갑(文匣) 위에 놓인
모과 향기
그 가을 정취

집안에 가득차던
메주 쑤는 구수한 콩 냄새—

나목(裸木)이 비치던
호숫가 풍경—

굴뚝에서 저녁연기 피어오르던
고향의 초가지붕

문득, 눈에 어린다.

우면산(牛眠山)에서

아침에 일어나
운동화 차림으로 집을 나선다
가까운 우면산, 숲 속을 찾는다
정화된 밤의 숨결로
더욱 싱그러워진
푸른 숲을 만난다

가는 길목에는
이슬 머금은 메꽃이 피었고
목이 긴 나리꽃이
오이풀, 강아지풀, 바랭이풀 사이에서
눈부신 얼굴로 미소 짓는다

잣나무, 개박달나무, 은사시나무 등
울창한 숲 속엔 칡넝쿨도 우거져
보랏빛 칡꽃 향기가
발길을 멈추게 한다

여름산에 올라
푸른 그늘 아래 듣는
산골 물소리
고요한 마음의 정한(淨閑)—

여름산 숲에선
초록빛 평화
싱그런 젊음
만날 수 있어서 좋다.

나무가 바람에 흔들리는 뜻은

나무가
바람에 흔들리는 뜻은
자연과 친화를 위해서라네

바람의 마음을 읽고—
바람의 노래를 듣고—

의지의 뿌리는
땅 속 깊이 묻어두고

나무가 바람에 흔들리는 뜻은
생동하는 숨결로
아름다운 자연에 화답하는 것이라네.

바다

누구나
한 번쯤
그리움으로 다가서는
마음의 고향—

꿈도
사랑도
미움도 모두
하늘빛 닮은 파란색으로
물들이는 가슴을 지녔다

머언 먼 옛날부터
출렁이며 지켜온 넓은 마음
끝없는 향수 일게 하는
그 바다는
어기찬 삶의 터전이어라.

비 온 후

잘 닦인 파란 하늘이
지난 밤 내린 비로
머리 감은 나무들과
굽어보며 우러러보며
서로 정답게 이야기 나누고 있다

점점 메말라가는
인심에
녹색 평화와 하늘빛 꿈
가슴에 참다랗게
심어주려는가 보다.

무성한 여름

젊음의 계절, 여름은
무엇이고 푸르고 무성하다

풀도 무성하고
나무도 무성하고
매미소리도 무성하고
하늘에 흰 구름조차
무성한 계절

—이렇게 무성함 속에서
그들 따라서
너와 나의 욕망과 욕심
자꾸 무성해지면 어쩔까

여름 끝에는 가을이 오고
가을 끝에는 겨울이 오는데.

그 사람

그 사람은
오늘도
지혜의 문을 열고
아침을 맞는다

떠오르는 태양을 보고
날마다 새롭게
슬기를 가다듬는다

후줄그레 치쳐 피곤한 저녁
그는 집에 돌아와 세수하듯
하루의 불만과 갈등을 씻어 버린다
텅 빈 가슴으로
밤 하늘의 별들과 나누는
소리 없는 대화!

비를 만나면 시원하게 샤워하는 마음으로
햇빛을 만나면 밝은 웃음으로
피는 꽃
흔들리는 나뭇잎
가을빛 열매를 마주할 때면
눈에 맑은 이슬 반짝이는
그 사람

평범한 일상을
감사하며 사는 그 사람
더없이 아름답게 보인다

평소 별로 말이 없지만
나가야 할 때와 멈춰야 할 때를 알고
아집(我執)과 미련(未練)을 버릴 줄 아는
참된, 지혜와 의지와 용기!

오늘도 우리는
그를 향하여 걸어가고 있다.

둥구미

짚에 물 축여 숨죽인 다음
두 손바닥으로 비벼서 새끼를 꼬아
투박한 남정네 손으로 만들던
우묵한 둥구미!

지나간 옛날
시골 마을, 사랑방 등잔불 곁에서
두런두런 세상 이야기 나누며
겨울밤을 엮던
소박한 사람들의 솜씨
둥구미!

기계화된 현대문명에 식상해서인가
우리 전통공예가 빼어나서인가
인기리에 선진국의 주문을 받아
눈코 뜰 새 없이 바빠도 신바람 나는
충청도 어느 시골 마을의 희소식

이 겨울, 추위도 잊은 채
쉴 새 없는 손놀림 속에
환하게 태양이 뜨는
반가운 기쁨이여.

* 충청북도 괴산 면덕마을 소식을 신문에서 읽다.

꽃과 열매

봄날
화사하게 핀 봄꽃들 보면
가슴 설레며
현기증마저 이는데

가을날
익어 고개 숙인 열매들 앞에 서면
조용히
합장하는 마음이 된다.

4

챙기며 살기

우리의 일상은
매일 매일
챙기며 사는 일인지 몰라

하루 세 끼 밥을 챙겨 먹어야 하고
철 따라 옷을 챙겨 입어야 하고
그날 그날 할 일들을 챙겨 해야 하고
가족을 챙기고
주변을 챙기고
너와 나를 챙기고—

그렇게 날마다
바쁘게 돌아가는 생활 속에서
정작 챙겨야 할 소중한 것들을
방치해 버리지는 않았는지
내 안의 참된 나를 찾아보았는지

살아가면서 마주치는
수없는 바람 속에서도
고요히 마음 챙기는 일
올곧게 마음 다스리는 일

오늘도
옷자락 여미며
보다 시야(視野)를 넓혀
부끄럽지 않은 하루
충만된 하루를 챙기고 싶다.

강(江)바람

아직
시월 중순인데
저녁나절 강바람은
차겁더라

63빌딩에서
여의나루역까지 걸으며
말없이 흐르는 강물을 보며
멀리 있는 너를 생각했다

지난날, 여의도로
아침 저녁 출퇴근하던 너
지금은 이역만리 타국에서
외롭지 않은 가을 맞고 있는지

가로수 잎들이
절반도 물들지 않았는데
소슬한 바람에 지는 낙엽 때문인지
여의도 강바람은
쓸쓸하기만 하더라.

은행(銀杏)잎

깊어가는 가을의 멋
가을의 운치
노랗게 물든 은행잎!

젊었던 그 푸르름
자취없이 사라지고
윤기없이 노오란 얼굴

그러나
구김살 없어서 좋구나
늙기 서러워 눈물 글썽이지 않고
말끔해서 좋구나

아직도 꿈이 남았는데
어느새 떠나야 하냐고
어느새 겨울을 맞아야 하냐고
부질없는 푸념도 없이
미련없이 아름답게 떠나는 모습

은행잎 노랗게 물들어
바람에 호접(胡蝶)처럼 날으는 정경
시(詩)처럼 가슴에 남는다.

얼굴

무한한 신(神)의 창조력을 본다

얼마나 다행한 일인가

너와 나, 세상 모든 사람들이

모두 제각기 다른 얼굴

구별할 수 있는

특징이 있음은.

오늘

오늘은
씨 뿌리는 날
김 매는 날
꽃 피우는 날

밝은 미래
아름다운 결실을 위하여
아낌없이 나를 불태워야 되는
오늘은

어제와 내일을 잇는
믿음직한 다리
영원을 향해 열린
녹색의 문(門).

외투(外套)

눈이라도 펑펑 내릴 것 같은
회색빛 거리를 걸어가다가
문득 스치는 생각—

찬 바람 부는 세상에서
부모는 아이들의
외투가 되고, 목도리가 되고……
훗날 아이들이 자라서 어른이 되면
늙은 부모의 외투가 되고

아, 그래서 아름다운 세상—

추운 너에게 따뜻한 외투를 입혀주고 싶다
떨고 있는 이웃에게도
포근한 정, 나누는
훈훈한 삶!

새해엔 함께 펼쳐가리니.

아직도 세상에는 사랑하고픈 것들이 많아

돌아서 가는 길을
짜증내지 않고 묵묵히 걸어가는 사람
그 모습 아름다워라

싹을 틔우는 씨앗을 보면
절로 나는 감탄사
소중한 생명의 신비여!

흙 묻은 손
일하는 손
존경스럽고 믿음직 하여라

오월 훈풍에 머리카락 날리며 활보할 때
상쾌해지는 가슴
녹색 행복에 물드는 마음

밤하늘의 별빛!
꿈을 간직하게 하는
영혼의 오아시스

오래된 간이역!
그곳을 지날 때 느끼는
애틋한 향수와 연민―

고향, 그곳은
가족과 친구와 산천초목(山川草木)
함께 추억을 공유(共有)하는
그리움의 둥지

아자(亞字) 문살의 창호지 방문에
화사하게 비치던 햇살
그 방 안에서 바느질하시던
어머니의 옥색 풍정 어린 모습, 그리워

꽃을 피우기 위하여
열매를 맺기 위하여
땀 흘리는 사람들과 다정한 이웃들

곡선(曲線)과 직선(直線)의 아름다움을
생활 속에 접목시키는 지혜로운 사람들
그들과 어울려 함께 달리는 즐거움—

오늘도
들꽃들이 피고
성자(聖者) 같은 나무들이 뿌리내린
대지 위에서
파란 하늘 보며 되뇌이는 말

아! 세상에는
사랑하고픈 것들이 너무도 많아.

송편

가을과
추석(秋夕)과
송편―

아름다운 한 폭의 그림이 된다

옛날, 고향집에서 어머니가 만드시던
그 솔 향기 물씬한 송편
올 추석엔 오랜만에 빚어 보았다

바쁘고 번거롭다는 이유로
언젠가부터
떡가게에서 구입한 송편으로
가볍게 추석 기분을 맛보곤 했는데
다정한 친구 덕분에 모처럼
풋콩깍지 사다가 까고, 햇밤으로 속을 넣어
맛있는, '바로 그 맛'을 즐길 수 있었다

가을의 맛
고향의 맛
추억의 맛을 함께 음미하면서
혼자 되뇌는 말
고마운 친구여.

무념차(無念茶)

여기
한 잔의 차 앞에
앉아 있다

아무 생각없이 찻잔을 든다

아무 생각도 없이 차를 마신다

무심히, 찻잔에 시간을 타서 마시는
무념(無念) 무상(無想) 무언(無言)의 맛

혼자서
조용히 마시는
무념차(無念茶).

길가에 서서

길가에서
오가는 사람들 바라본다

여럿이 어울려
희희낙락 걸어갈 때도 있지만
혼자서 외롭게 걸어가는
뒷모습도 보인다

밤과 낮
맑은 날, 흐린 날
해 뜨는 아침
해 지는 저녁

그 속에서 부대끼며 신음하며
때로는
웃으며 즐기기도 하는
우리들의 삶

길가에 서서
지나는 사람들의 모습과 표정을 읽으며
잠시
물 속 같은 생각에 잠긴다.

플라타너스 터널
— 중국(中國) 서북대학교정(西北大學校庭)에서

이른 아침
잠에서 깨어
넓은 교정의 뒤뜰
플라타너스 무성한 가지
하늘을 덮은 그 길을 걷는다

가슴에 차 오는 충만감
아아, 세월에 씻겨 잊고 있었던
반짝이던 눈부신 감성
전신으로 퍼져가는 기쁨
그 초록빛 행복에 잠긴다

새삼, 젊은 날의
눈부신
눈부신
아침을 맞는다.

들꽃

한 무리로
어우러져 피어 있을 때
들꽃은 더욱 아름답다
먼 산
먼 산 아득히
보랏빛으로 물드는 들녘에서
누구를 위해 들꽃은 피어 있을까
누구를 향하여
손 흔들고 서 있는 것일까

작은 들꽃 가슴에도
하늘은 파랗게 머물고
바람결 다정히 스며들어
그 티없는 순수
지상(地上)에 작은 낙원
이루고 있나니

너의 존재는
내 영혼의 샘물
끝없는 목마름 달래주고 있구나.

들국화

들국화는
장미가 되기 위해
노력하지 않습니다

자연 그대로의
순수한 모습
얼마나 아름다운 자존(自尊)입니까

스스로 중심을 갖고 사는 모습
얼마나 지혜로운
향기입니까

장미보다 맑은
넓은 대지의 주인공
들국화.

물소리
— 일본 흑천온천(黑泉溫泉)에서

물소리가 들린다

지금도
깊은산, 신록의 계곡을 흘러내리는 물소리
맑고 시원한 물소리 들린다
아직도
내 귀에 젖어 있는
그 흐르는 물소리
밤낮을 가리지 않고 쉬임없이 흐르는 물소리
높은 데서 낮은 데로 뛰어내리는 폭포소리
그 물소리에는
아름다운 자연이 숨쉬고 있다

거역할 수 없는 순리(順理)와
순금(純金)처럼 변하지 않는
진리가 있다

온종일
그 물소리 들으며 돌아보는
어제
오늘
그리고 내일

삶의 찌꺼기
부질없는 군더더기 모두
말갛게 말갛게 씻어 버리는
흐르는
그 물소리.

지우개

여기, 용서(容恕)라는 지우개가 있다

이 지우개로 지우면
미움도 원망도 다 사라져 버리는
지우개

이 지우개로
무엇을 지워야 하나
무엇부터 지워야 될까

일상을 흐리게 하던 안개와 구름
탐욕에 눈멀어
소중한 인연 짓밟아 버린 악마의 얼굴
그리고 지름길 두고서 멀리
우회로(迂廻路)를 돌아온 미련한 행위

지금 이 시간
용서의 지우개를 손에 들고서도
선뜻 지울 수 없음은
아직도 상처의 아픔이 남아 있기 때문이리라

용서의 지우개로 지우는 일이
과연, 가장 아름다운 방편이 될는지……

폭포(瀑布)

주저함도
망설임도 없이
뛰어내리는
용감하고 장엄한 모습
그 소리 또한
통쾌하고 시원스러워라
주위를 압도하는 센 물줄기 소리
번뇌망상을 지워 버린다

하늘과 땅을 부르는
우렁찬 물의 합창(合唱)
그 앞에
당신과 나
말없이 서서 마음 헹구는 일
그 일 말고는
아무것도 생각할 수 없는
엄숙한 자연의
큰 목소리.

가을, 해질녘

해 저물녘
노을 속에 산능선은
쓸쓸해 보인다

나무도
꽃도
풀도
날아가는 새들도
모두 외로운 그림자—

마을의 집들
하나, 둘씩 켜지는 불빛만이
지상의 외로움을 지우는
따뜻한 등불

하늘도 땅도
어스름 속에서 묵상하며
지친 발걸음으로
하루를 접는 시간

나는 오늘
어떤 발자취로 이 자리에 섰는가

어둠 속에서 반짝이는 별을 바라본다.

수행(修行)

흐르는 물소리
따라가는 길

밝은 등불
찾아서 가는 길

묵묵히
쉬임없이
영원을 향하여
나를 찾아 걸어가는 길

바람이 불어도 흔들리지 않고
앞길만 보고 걸어가는 길

괴로운 날에도
기쁜 날에도
구김없는 얼굴로, 깨달으며 참회하며
무거운 나를 땅에 내려놓고서 가는 길

그런 마음
그런 모습으로
하늘을 이고 사는
영원한 길.

챙기며 살기

우리의 일상은
매일 매일
챙기며 사는 일인지 몰라

하루 세 끼 밥을 챙겨 먹어야 하고
철 따라 옷을 챙겨 입어야 하고
그날 그날 할 일들을 챙겨 해야 하고
가족을 챙기고
주변을 챙기고
너와 나를 챙기고—

그렇게 날마다
바쁘게 돌아가는 생활 속에서
정작 챙겨야 할 소중한 것들을
방치해 버리지는 않았는지
내 안의 참된 나를 찾아보았는지

살아가면서 마주치는
수없는 바람 속에서도
고요히 마음 챙기는 일
올곧게 마음 다스리는 일

오늘도
옷자락 여미며
보다 시야(視野)를 넓혀
부끄럽지 않은 하루
충만된 하루를 챙기고 싶다.

원시인(原始人)

봄비 내리는데
황사바람 이는 가슴
문 닫아 걸고
힘든 노동으로 무마시킨다

지난 옛날에
놋그릇을 닦듯
명절 앞두고 더욱 윤나게 광을 내듯
요즘 시대엔 내다 버리고 쓰지도 않는
구식 양은 냄비, 양은 솥을
윤나게 닦고 있다

새록새록 편리한 물건들 나오는
물자 흔한 지금 세상에
웬 고물 그릇 닦기냐고
혀를 차며 누가 묻는다면
뭐라고 겸연쩍게 대답할 것인가

제 구실 못하지 않는 이상
옛것이라고, 좀 낡았다고
쉽게 버리지 못하는 성격 탓이라고
과단성 부족 때문이라고

스스로 알고 있지만
밑바닥에 깔려져 숨쉬고 있는
물려받은 알뜰함
살뜰한 살림솜씨인 걸 어쩌랴

결혼한 지 사십여 년이 지났어도
시어머니가 사주신
투박한 뚝배기, 옹기 항아리
남편이 총각 때 쓰던 양은 도시락
낡은 담요 등등
아직도 꾸리고 사는 우리 집은
좋게 보면 박물관(博物館)
꼬집어 보면 고물상(古物商)

오늘도 나는
옛날과 현대가 공존하는 공간 속에서
시대의 계단을 오르내리며
때로는 원시인으로
때로는 현대인으로
세상을 뚜벅뚜벅 걸어가고 있다.

출가(出家)

나
오늘에사 드디어
마음 굳혔네

오늘부터
날마다 날마다
집을 떠나 살기로 했네

새벽, 여명(黎明) 속에 출가하고
한낮, 빛부신 햇살 속에 출가하고
저녁노을 속에 아득히 멀어지는
출가의 길

부질없는 욕심
연연하던 그리움
다 훌훌 털어 버리고

나 오늘부터
걸망 하나 메고
표표(飄飄)히 길을 떠나네.

가을의 베일

하늘과
나무와
산과 들

그리고
지나는 사람들

모두가 아름답고
모두가 애잔한 느낌이 든다

가을의 베일을 쓰고 보면
모두가 그렇게
깊고 연연한 정감으로
다가오는 것일까.

시(詩)를 쓰면서

시를 씁니다
더러는 아픈 가슴으로 씁니다
생활의 망치로 얻어맞은
멍든 손가락과 가슴으로 씁니다
지난날에는
푸른 하늘빛으로 시를 썼습니다
꽃향기로도 쓰고
해조음(海潮音)의 낭만과
부푼 꿈, 사랑의 신비 그리며
시의 오솔길을 걸었습니다
그때는 시가 고운 여인의
흰 목을 장식한 진주목걸이처럼
화사하기만 한 것이었지요

그러나 지금은
외로움, 슬픔, 고뇌까지도
담담히 여과시킨 후 비로소
말간 마음의 여울물소리로
시가 되는 것을 알았습니다

이제야 시가
영혼의 구슬땀으로 익어가는
열매임을 알았습니다.

가을빛

갈색(褐色)은
가을빛

정감 깃든
포근한 색

오래된 장맛 같은
옛 친구 같은
믿음이 가는 빛

추색(秋色) 짙은 가을
향수 어린 창가에 흐르는
낮은 톤의 바이올린 음색.

발걸음 소리

희뜩희뜩
눈 내리는 길을 걸어간다

세상은
희뿌옇게 뜬 세상

휘청거리는 발걸음
종종대는 발걸음
뚜벅뚜벅 걸어가는 발걸음

제각기 꿈을 찾아
걸어가는 발걸음
때로는 방황하는 발걸음……

따뜻한 불빛 비치는 창
도란거리는 이야기 소리 들리는 그곳 찾아서
걸어가는 발길들―
자기 설 땅을 찾는
목마른 사람들의 발길들―

희뜩희뜩 눈 내리는 빙판길을
조심조심 걸어가는 사람들의
발걸음 소리
외로운 발걸음 소리.

동짓(冬至) 팥죽

동짓날
팥죽을 쑨다

묵은 걱정 떨쳐 버리고
새로운 희망 북돋우는 의미로
동짓날 붉은 팥죽을 쑨다

모든 서원(誓願) 이뤄지고
만사형통을 기원하는
일편단심 오롯한 마음
면면(綿綿)히 이어오는
우리의 풍속이 아름답다

어제보다 오늘
오늘보다 내일이
더 밝고 복되기를 비는 마음―

이웃과 따뜻한 팥죽 나누며
오고 가는 정
아, 훈훈한 동짓날 잔치.

수련(睡蓮)

이 생각
저 생각에
밤잠을 못잤나 봅니다

지난 밤에도
잠을 설쳤는지
수련은 눈을 감은 채 졸고 있습니다

하많은 꿈 때문인지
가슴 속 수심 때문인지
조용히 눈감고 말없는 모습

밝은 햇빛 속에서만
맑게 웃으며
피어나는 꽃

그래서 수련은
물 속에 피는 수련(水蓮)에서
잠꾸러기 수련(睡蓮)으로
이름이 바뀌게 되었나 봅니다.